AF363532

Vente du Lundi 12 Mai 1873

HOTEL DROUOT, SALLE N° 5

COLLECTION M. C. [...]
DE MARSEILLE

ANCIENNES
FAÏENCES

DE

ROUEN, MARSEILLE, MOUSTIERS

EXPOSITIONS

PARTICULIÈRE	PUBLIQUE
Le Samedi 10 Mai 1873	Le Dimanche 11 Mai 1873

Mᵉ CHARLES OUDART, COMMISSAIRE-PRISEUR

M. ÉMILE BARRE, EXPERT

CONDITIONS DE LA VENTE

Elle sera faite au comptant.

Les acquéreurs payeront *cinq centimes par franc*, en sus des enchères, applicables aux frais.

L'Exposition mettant les Adjudicataires à même de se rendre compte de l'état et de la nature des objets, il ne sera admis aucune réclamation une fois l'adjudication prononcée.

CATALOGUE

D'UNE INTÉRESSANTE RÉUNION

D'ANCIENNES

FAÏENCES

DE

ROUEN, MARSEILLE, MOUSTIERS

NEVERS, BERNARD DE PALISSY, ETC.

ANCIENNES FAÏENCES ITALIENNES
ESPAGNOLES, ANGLAISES ET HOLLANDAISES

COMPOSANT LA

COLLECTION M. C.... DE MARSEILLE

DONT LA VENTE AURA LIEU

HOTEL DROUOT, SALLE N° 5

Le Lundi 12 Mai 1873

PAR LE MINISTÈRE DE M° CHARLES OUDART, COMMISSAIRE-PRISEUR

31, rue Le Peletier

ASSISTÉ DE M. EMILE BARRE, EXPERT

22, Chaussée-d'Antin

Chez lesquels se délivre le présent Catalogue.

EXPOSITIONS

PARTICULIÈRE | PUBLIQUE

Le Samedi 10 Mai 1873 | Le Dimanche 11 Mai 1873

1873

DÉSIGNATION

FABRIQUES FRANÇAISES

ROUEN

1. — Très-belle Assiette à fond jaune ocré : le marly
est décoré d'une double ornementation : l'une
quadrillée à fleurettes, fond ocre ; l'autre à
lambrequins bleus avec semis rouge ; le
milieu est formé par un grand médaillon à
bordure rouge, fond ocré à arabesques noirs,
avec sujet en camaïeu bleu représentant un
Satyre et un Amour.

2. Autre Assiette formant pendant, même décor, à
l'exception du sujet du médaillon, qui représente deux Amours, dont l'un tient d'une
main une corbeille de raisin et de l'autre une
grappe qu'il presse ; l'autre Amour laisse
tomber sa coupe.

3. Magnifique Plateau octogone avec bordure orne-

mentée sur le marly, et sur le milieu une grande composition allégorique représentant les quatre Saisons et dans le haut le char d'Apollon en camaïeu bleu.

4. — Grand et beau Plat d'un très-riche décor bleu, lambrequins et arabesques.

5. — Autre grand Plat décor bleu, lambrequins sur le marly, rosace au centre et couronne d'ornements autour.

6. — Autre, de même dimension et de même décor.

7-8. — Deux Assiettes avec lambrequins sur le marly et bouquets de fleurs au centre, décor bleu.

9. — Deux très-beaux Cachepots à oreillons, décor polychrome, de lambrequins et vases de fleurs.

10. — Très-beau Hanap, décor polychrome, orné d'un mascaron.

11. — Jardinière à trois compartiments, décor bleu à lambrequins.

12. — Plat rond, décor polychrome par *Chapelle*.

13. — Très-jolie Écuelle à oreillons avec son couvercle et son plateau, décor polychrome avec figures de Chinois, oiseaux chimériques et feuillages.

14. — Deux jolies Jardinières, décor bleu à lambrequins, avec armoiries fleurdelisées surmontées de la couronne royale fleurdelisée.

15. — Petite Fontaine avec son couvercle et son bassin à anses, décor bleu d'arabesques.

16. — Plat ovale, décor polychrome à la corne tronquée.

17. — Fontaine, décor polychrome.

MARSEILLE

18. — Magnifique Pièce de surtout composé d'un plateau décoré de bouquets, de fleurs et de fruits polychromes, supportant un vase de forme rocaille, dont le couvercle est surmonté de deux petites figurines d'Amours.

19. — Grande Jardinière ovale, à bords dentelés, décorée de deux médaillons d'Amours, d'après *Boucher*, en camaïeu rose, entourées d'une guirlande de fleurs, décor polychrome rehaussé d'or.

20. — Très-remarquable Jardinière semi-sphérique, ornée de trois médaillons, représentant des sujets de marine, avec personnages d'après *Joseph Vernet*, décor polychrome.

21. — Grand et beau Pot à eau avec sa cuvette, style rocaille; la base du pot est formée par des coquillages et la vasque représente une grande coquille, décor polychrome en relief.

22. — Très-belle Soupière, décor de *Robert*, paysages animés de figures; sur le couvercle les mêmes sujets; il est surmonté d'un fruit.

23. — Autre Soupière ovale, décor en relief, de bouquets de fleurs polychromes; le couvercle aussi décoré de bouquets est surmonté d'un groupe de poissons et de coquillages.

24. — Autre Soupière, forme coquille, décor **poly**chrome de bouquets de fleurs; le couvercle. surmonté d'une figurine d'Amour tenant des légumes, est décoré richement de fleurs et de papillons.

25. — Très-belle Soupière, décor polychrome de *Robert*, représentant des Poissons, des Attributs de pêche et des guirlandes de fleurs : le couvercle formé par des fruits et branchages en relief.

26. — Petite Jardinière, forme rocaille, décor polychrome de personnages chinois.

27. — Plat rond, décor de fleurs, polychrome.

28. — Plat ovale, décor de fleurs, polychrome.

29. — Autre Plat ovale, même décor.

MOUSTIERS

30. — Deux Jardinières ovales à bords contournés, décor en camaïeu bleu d'après Bérain, à figures et ornements, portant au centre *les doubles armoiries du duc de Richelieu et de la duchesse de Lorraine, sa femme.*

31 à 33. — Trois beaux Plats creux à gaudrons, même décor et mêmes armoiries.

34 à 37. — Quatre Plats ovales, décor d'arabesques sur le milieu; au centre, les armoiries de Richelieu et de Lorraine.

38 à 44. — Sept Assiettes, même décor.

45. — Très-joli Coffret avec son couvercle, décor polychrome de guirlandes de fleurs; le couvercle est décoré au centre d'un sujet pastoral d'après Lancret.

46. — Très-belle Fontaine, avec son couvercle et son bassin, décor polychrome. Le couvercle est surmonté d'une figure d'Amour; le corps de la fontaine, orné de mascarons sur le côté, est décoré au centre d'un médaillon repré-

sentant le *Triomphe d'Amphitrite* et de nombreuses guirlandes de fleurs. Le bassin, supporté par quatre pieds formés par des animaux accroupis, est orné de chaque côté d'un mascaron, et dans le centre d'un sujet mythologique représentant *Diane et ses Nymphes*. L'extérieur du bassin est couvert de guirlandes de fleurs.

47. — Très-grand et riche Plat ovale, décor en camaïeu bleu d'après Bérain, lambrequin sur le marly et sur le fond, un médaillon à sujet mythologique au centre, et groupe d'Amours sur les côtés : le tout entouré d'arabesques.

48. — Autre très-grand Plat ovale, décor d'après Bérain, représentant au centre le *Char du Soleil* et sur les côtés des groupes d'Amours avec arabesques et lambrequins en camaïeu bleu.

49. — Très-grand et beau Plat rond, décor d'arabesques sur le marly, et au centre un sujet de *Chasse à l'ours* d'après Tempesta, en camaïeu bleu.

50. — Autre grand Plat, décor de lambrequins et fleurs sur le marly, et au centre un sujet de *Chasse au sanglier* d'après Tempesta.

51 à 53. — Trois charmantes pièces de Surtout, ovales, décor en camaïeu bleu d'après Bérain.

54. — Cachepot avec anses formées par des mascarons, décor polychrome de guirlandes de Fleurs.

55. — Grand Plat à bords festonnés avec arabesques sur le marly. et au centre une double armoirie aux lions accotés.

56. — Petite Plaque ronde représentant un sujet mythologique, avec bordure de fleurs, polychrome.

57. — Plateau ovale, décor bleu à lambrequins, avec rosace au centre.

58. — Plateau rond, décor bleu d'après Bérain.

59. — Cadre de glace, décor bleu.

NEVERS

60. — Très-beau Hanap à fond bleu, décor blanc et jaune de feuillages et d'oiseaux.

61. — Très-belle Applique porte-lumière formée par une figure de jeune garçon en costume Louis XIII.

62. — Deux charmants petits Vases à fond bleu, décor blanc et jaune d'arabesques et de feuillages.

63. — Jolie Bouteille, même décor.

64. — Grand Vase à anses torses, décor bleu.

BERNARD DE PALISSY

65. — Taureau romain en ancienne faïence, de Bernard de Palissy.

66. — Lion au repos en ancien Palissy.

67. — Le Joueur de musette, statuette en ancien Palissy.

68. — Autre Plat avec sujet pastoral en ancien Palissy.

69. — Plat à salières en ancien Palissy.

ITALIE

70. — Très-remarquable et très-belle petite Plaque octogone, surmontée d'un fronton et supportée par deux petits pieds, en ancienne faïence de fabrication italienne de la fin du XVI⁰ siècle et signé de Soliva. Le sujet représente saint Sébastien percé de flèches, au milieu d'une grande réunion de soldats et de spectateurs; dans le ciel un ange lui apporte la couronne et la palme du martyre. Décor polychrome à reflets.

71. — Très-beau Plat en ancienne faïence d'*Urbino*, représentant la *Mort de Lucrèce*.

72. — Charmant petit Plat creux en ancien *Castelli*, représentant la *Partie de musique*.

73. — Soupière en faïence portant la marque de Pesaro, formée par un canard.

74. — Plat en ancienne faïence de Pesaro, daté 1569, représentant un sujet mythologique.

75. — Charmante petite Écuelle en ancienne faïence de Novi, décor de paysage et de figures.

76. — Six belles Assiettes en ancienne faïence de Venise.

ESPAGNE

77. — Très-belle Plaque en ancienne faïence d'Alcora, époque Louis XV, représentant *Moïse sauvé des eaux*.

78. — Autre, formant pendant, représentant *Éliézer et Rébecca*.

79. — Très-beau Plat en faïence *hispano-arabe* à reflets métalliques, avec armoiries au centre.

80. — Autre, de même fabrication, avec écusson, armoiries au centre.

81. — Autre, de grande dimension, décor en relief à
reflets métalliques bleus et mordorés, avec
inscription gothique.

ANGLETERRE

82. — Service de table en ancienne faïence de Wedg-
wood, décor de paysage avec figures en
camaïeu marron, composé de cinquante
pièces, assiettes, corbeilles, raviers, plats
ovales, sucrier, plateau, etc.

HOLLANDE

83. — Deux très-jolis petits Cachepots, décor bleu à
ornements, en faïence de Delft.

84. — Charmante petite Cruche en grès de Flandre,
décor en relief sur fond bleu.

PARIS. — J. CLAYE, IMPRIMEUR, 7, RUE SAINT-BENOIT. — [811]

9 782329 416649